フュージョン
詩&俳句集
訣れのPoetry

今西　薫
Imanishi Kaoru

ブックウェイ

もくじ

影も私のお友達	7
下を向いて歩こう	8
レントゲン	9
鶏と私　雲と星	10
餓鬼(がき)どもの挽歌	13
「地べた」の終焉	15
人としての真(まこと)	16
月の光と私	18
涙の海	19
孤独なスミレ	20
まことの恋・夢	23
おじいさんの昼寝	24
ひとつになる	26
カエルとアメンボ	27
人は洞窟に住まう	30
青春はここにある	36
あなたはだんだん醜くなる	37
高村光太郎（智恵子抄より）	39
桜の花	40
月夜の村	43
身だしなみ	45
犬の賛歌：邪宗門	47
旅を旅する	49
人間ルンバ	51
死の乱舞（『ハムレット』より）	54
古歌	56
母のない寂しさ（『オセロ』より）	57
私の愛で　私の永遠の命で	58

消えた夜	60
それは承知の恋女	62
節目	63
精神的白内障	65
大都会には死がない	67
因果応報	69
介護猫	70
ひとり者の鍵	71
テニスボール	73
あなた	76
ムロウ様は黄門様ではありませぬ	79
空き缶の私	81
天空のざわめき	83
最期の祈り	85
鈴の音(ね)	86
曽我兄弟より	87
人は白痴になる	90
クロアゲハ	93
時の砂漠	95
日本文化の骨髄	96
わたしはもういない	99
終着駅	100
憂鬱な地球	103
命の果てに	106
木漏れ日	107
時間制限のない旅	109
透明の影	114
あとがき	117

亡き父と母に捧げる

三千院のお地蔵さん
（加藤 正人氏提供）

影も私のお友達

あら　あら　何だろ　黒いもの
長くなったり　短くなって
私が踊ると　踊りだす
私が駆(か)けると　駆けっこだ
いつでも　どこでも　真似(まね)ばかり

あれ　あれ　どこだろ　黒いもの
私のまわりの　どこにもいない
お日様　照ってる　真上から
足もと見ると　黒いもの
縮(ちぢ)んでしまって　まん丸に

あら　あら　困った　夜が来た
お空は真っ黒　どこもかも
ちっとも見えない　黒いもの
まん丸　お月さま　出てくると
私の友達　にっこにこ

まん丸や影も私のお友達

下を向いて歩こう

今は　もう上を向いて歩けない
腰が痛い
下を向いて歩くほうが楽だ

昔　上を向いて歩くと
涙がこぼれない　と若者は歌った
そんなの　目から涙が
溢れ出ないようにしているだけだ
泣いているのは同じ事

今　下を向いて歩いても
涙はこぼれない
　　と過去と同一人物であるはずの
　　現在の老人が呟(つぶや)く
泣きたいことは山ほどある
それなのに
涙は枯渇して流れない

歩みしも涙枯れ果て歌虚(むな)し

レントゲン

私の体の中に骸骨がいる
私の死体が私に内在する
私の焼かれた後の姿
私の遺影として残るのは
ただ　この骸骨の一部
背骨　大腿骨　そして喉仏
南無阿弥陀仏

我逝きて遺影となるやレントゲン

鶏と私　雲と星

夜空に
星は瞬(またた)き

雲は流れる

夜の雲は　見えない空の色
雲が星を隠すと
星は瞬きをやめ
夜の空に溶け　眠る

夜　人が眠るとき
星のめぐりよりも速く
心の鼓動よりも速く

雲は流れる

めくるめく星たち　姿絵の軌跡
みんな　居場所を心得ている
雲は無頓着
雲には定位置などない

似た雲はある

同じ雲はない
似た人はいる
同じ人はいない

雲は流れる

雲は人に近い
距離も　性質も
雲のはるか上に星が巡る
風まかせの雲と違い
星には定めがある
確固とした進路
人の世が何代入れ替わっても
同じ道を計ったように進む

雲は流れる

夜明け前
鶏は星に問うた
愚かな人間
滅びゆく種であるかと
星は明滅するだけで
答えない

雲は流れる

夜に溶け星は瞬(またた)き雲流る

夜明け
けたたましい鶏の声が響く
地上で蠢(うごめ)き出す人びと
雑踏をつくり
空気を汚し
透明の空を奪う
彼らは雨を気にすれど
雲には無関心

もう雲は流れない

雲が空を覆い尽くし
あたりの霧と交じり
雲が雲と呼ばれなくなる日
雲は雲でなくなる

雲は消え失せる
マグマの爆発
巨大な隕石の落下
空は焼け　大地は燃え尽き
瞬時に雲は消え失せる

地球を星雲が覆い
鶏も　私も
ひとつの星になる

餓鬼(がき)どもの挽歌

本も読まず　字も書けず
スマホで漫画
スマホでゲーム
アホな子供がうじゃうじゃと
電車の中に溢れてる

そして　そのまま年を取り
頭はカラで
図体だけは反比例
巨大に伸びて　膨れて
阿保　馬鹿　間抜け

こんな大人は
見掛け倒しも
はなはだしい

こんな輩の子育てで
子供が賢くなるわけがない

モンスター・ペアレントに
モンスター・チャイルド

子の成長　賢い親に正比例

何も和製英語で言わずとも
たちの悪い親
手のつけられないガキ
とっとと生まれ直してくるがいい

地べたにも光届けど明かりなし

「地べた」の終焉

「地べた」は病に罹(かか)ると
もがき苦しみ　身をよじって
体から吹き出物を出し
体は炎のように　熱く燃え
その汗は
空から豪雨となって流れ
地は怒りで震え
山は崩れ　家屋を倒壊させた

でも　もう
地球は「地べた」ではなく
「地べた」は球体に戻り
クルクルと回り続け
そこに立とうとする者を
脱水機のように振り落とす

地球が「地べた」でなくなり
球になる日
太陽が明るくその球を照らしても
それを知る人は
ただの一人もいない

人としての真(まこと)

「持ちましょうか　少しあなたのお荷物？」
いいえ　こんなもの　重くなんかありません

「でも　家財道具までいっぱい背負って・・・」
こんなもの　わたしの親としての責任と比べりゃなんでもありません

「こんな長い道のりをひとりで歩いてこられて・・・」
いいえ　ちっとも長くなんかありません

「でも　何日も何日も歩いてこられたのでしょう？」
こんなもの　歩けない人の苦しみに比べりゃなんでもありません

「でも　そんなに痩せ衰えては一年がつらいでしょう」
いいえ　あの年老いた桜の木が毎年花を咲かせるのに比べりゃなんでもありません

「でも　これからあんなに深い川を渡って行くなんて・・・」
いいえ　こんな川　わたしの海のような哀しみと比べりゃなんでもありません

「でも　どうしてそんなに達観できるのです？」
いいえ　わたしは達観などしていません
ただ　人としての真を尽くして
歩んでいるだけなのです

人なれば真(まこと)を尽くし歩みゆけ

月の光と私

月の光に濡れたあなた
時間などなかった時代に
生まれたあなた
時間が作られ
あなたは羽衣を着せられ
雲に乗り　月に昇った

私は骨身を削り
あなたを探し求めた
それがこの世で私がした
唯一のことだった
私の肉体が月の光に溶け
消え去るとき
私は何を残したことに
なるのだろう
私の不完全な遺伝子？
私のつたない手記？
私の失った時間？

時流れ　月の光に夢託す

涙の海

体が動かなくなるときがある
目がかすんで
見えなくなるときがある
自分が何を考えているのか
分からなくなるときがある
考えていたことを
話している途中で
忘れてしまうときがある

戯れに「あなたはどなた」と
娘に訊いてみた
娘はやさしく微笑んでいる
私はそのつくり笑いの底に
涙の海が見える
まだ私は完全に
ボケてはいないのだから

涙の海 娘の微笑み底知れず

孤独なスミレ

私は湿原に咲くスミレ
そよ吹く風に白く揺らぎ
無音で語る自然の美

緑の茎に流れる露
球体レンズとなって
朝の光を孕(はら)む

私は都会のスミレ
風はなくても揺らぐ心
パトカーと救急車のサイレンだけが
夜の静寂を破る

私には話し相手がいない
電話をかけても話すことがない
テレビをつけても
品性のない若者の言葉がわからない
ただの雑音に聞こえる
スポーツ番組しか見ない

戯れにコンピュータと会話をしてみた
ありきたりの返事で　すぐに飽きる

難しい質問をしてみると
「さあどうでしょうね」
　と　言葉を濁して逃げられる

独り黙っているほうが自然だ
でも　その自然はやはり不自然
寂しさより　虚しさが襲ってくる
昨日　今日　そして明日と
何も変わりはしない
私の部屋では
私が動かないと何も動かない
生きている？
ただ死んでいないだけ？

それでも生きているから
買い物だけには行く
食べ物は食べたくないが
少しは食べなければならない
食べないと
もう買い物に行けなくなるだろう
行けなくなって
まだ生きていたらどうしよう

今から　くよくよしても仕方がない
そうなったら　その時に考えよう

でも　その時に
考える力が残っているのかしら

風もなくただ立ち尽くすスミレ草

まことの恋・夢

夢から生まれし
恋心

夢　夢　夢と
恋拍子

夢のあとには
恋悩み

過ぎ来し方を
夢想う

うたかたの恋と
詠いしも

泡の夢こそ
恋　まこと

泡の恋こそ
夢　まこと

夢追いて夢から生まれし恋まこと

おじいさんの昼寝

カチカチと鳴っていたおじいさんの古時計
いつから昼寝をしたのかしら

みんな　そんな事はどうでもいい
おじいさんが昼寝をすると
いつも時計が止まって
みんなも一緒に昼寝をする

眠り込んだら　寝続けるおじいさん
息もしないで眠ってる
おじいさんの冬眠だ
どうやって生きてるのかわからない

みんな　そんな事はどうでもいい
何年経っても　何十年経っても
いつも同じことの繰り返し
おじいさんが目を覚ますと
時計も目を覚ます

みんな　ごそごそ起き出して
「ういっ」と体をよじる　お父さん
「あー」っとあくびをする　お母さん

古時計　家族守りて時を告ぐ

開けた目をこすって
キョロキョロする　お姉ちゃん

おじいさんは「古時計」
家の大黒柱で
みんなのことを見渡してる
だから　みんな
安心して寝てられる

ひとつになる

沈黙の冬が過ぎ
ざわめく新芽の春が来て
焼け爛(ただ)れた夏が終わり
枯れる秋が来る

Four Seasons Have
Become One Year

いろんな知らない言葉が飛びかった
誰も他者の言語を理解しない
意思は通じず
諍(いさか)いは絶えなかった
その多くの言葉にも変化が生じた

Various Languages Have
Become One

地上の世界　地下の世界
天上の世界が
もうすぐひとつになる

Three Worlds Will Become One

三界がひとつになるや四季巡り

カエルとアメンボ

あれ　あれ　緑のはす池
水いっぱい
どこもかも　あふれてる
雨が降ってた　昨日まで
でも　今日は朝からいい天気

「どこから来たんだ
背高ノッポのひょろ長くん
かってに　入らないでね
僕の池だよ　僕の家(うち)」
カエルのぴょん太がふくれっつら

僕は雨が大好き　水が好き
わかるだろう　アメンボさ
君とおなじ動物で
トンボと同じ昆虫だ

「長い足だね　かっこいい」

池や湖　川や海も僕の家
ちっちゃな水たまりも
すいすい　進んじゃう

「美味しそうな匂いだね」

僕は飴じゃないよ
間違えないで　食べないで
匂いだけだよ　アメちゃんは

「足は六本　すごい数
僕より二本も多いんだ」

でも　僕は君と一緒だね
体は防水　濡れないよ
水の上でもスイスイ滑る
僕はお池のスケート選手

「僕だって　泳げるよ
ちょっと　ぶかっこうに見えるけど
それに　跳ぶことだってできるんだ」

僕は飛べるよ　空だって
だから　空の上の忍者だよ

「わかった　まいった
君は空の勇者だね」

空を超え水に遊べし勇者たち

君は水の底に潜ってられる
だから　水の底の勇者だね

「じゃあ　ふたりあわせて
最強忍者
空の上と水の中のヒーローだ」

人は洞窟に住まう

人は生まれ落ちたところは洞窟
人は自分の影を通して自分の存在を知る
影を失ったときが人の死

でも　いまの世　なぜか
人は　享楽の中で踊り狂ったマリオネット
みんな見えない紐に操られ
自分で生きているようで
その実「消費する人形」として
紐が切れるまで生かされているだけ

これでは死んだも同然
世を席巻する拝金主義　物質主義は
人をどこに向かわせようとしているのか
ヒューマニズムが歪められ
悲鳴をあげている

経済効果という物質主義で
流通主義という厚化粧で
人は人としてあるべき姿を失い
歩むべき道を見失い　醜くなった

「あなたの夢は？」と聞かれて
「お金持ちになること」と男の子が
「お金持ちと結婚すること」と女の子が言う

本来あるべき子供や若者の純真な心
抱くべき理想　高邁な夢はどこに消えたのか
誰がそんな「汚れちまった教育」をしたのか
親か　教師か　まわりの大人か

そうでないことを願う

プライバシーを侵害するインターネット
低俗　下劣で見るに耐えない
悪ふざけとしか思えないテレビ番組
ITなどと訳のわからない粉飾文字で飾った情報産業
裏に　莫大な金を握る巨大産業の意図が見え隠れする

能率　合理化のつけ
機械化　ロボット化　非人間化
人間同士の「生(なま)」のコミュニケーションの欠如
「自分らしさ」という生き方のツケがまわって
道徳まで相対的な位置づけとなった

「常識」を忌まわしい伝統だとする者たち
伝来の智慧を冒涜し

幾世代もの人びとが形作り　育て上げ　大切に継承した
　　無形の伝統という名の遺産を
　　ISの武装集団のように　無惨に破壊している

膝を故意に破って売っているズボン
作る会社もイカれてる
買う人間もイカれてる
膝と同じく頭の中も空っぽ
夏には　ことに涼しいはず

「醜」を「美」と思わせる洗脳も
「平和のための戦争」と同じほど恐ろしい
ファッションが真の美の追求だったことはないのだから
　　何も代わり映えはしない
ただ 身だしなみの基本を逸脱するような格好で人前に現れ
　　まともな人間の心を汚さないで欲しい

下品で　それを眼にする者におぞましい感情を搔き立てる
　　品性のない人間ども
彼らにはそれが似つかわしいということかもしれないが
　　人の気持ちがわからないようで　情けない
礼に始まり　礼に終わる日本社会はどこに行ったのか

人間は愚かだ(私も含めてのことだが)
仲間であるはずの同種の生物を殺しあう

権力欲は人間の常
名誉欲は人間の業(ごう)

民主主義は容易に腐敗し
指導者は偽りの衣を被り
本性を露わにしたときには
もう抑えの利かない暴君となっている

何事も人の心の反映
みんなの顔がのっぺらぼう化している

自己中心で　無軌道で　政治に無関心な現代の若者は
　　天罰の業火(ごうか)に見舞われるであろう
酔って　踊り狂ったポンペイの人びとに
　　容赦なく降り注いだヴェスヴィオ山の焼けた石
燃える死の灰が降り注いだように

しかし　同じ場所で　その日まで清く正しく生きた人びと
彼らはなぜ同じ死の灰を浴びなければならなかったのか
何の罪があったというのだろう
圧政によって心にある戦争反対の声をあげられなかった
　　広島や長崎の人びと
原子爆弾が一瞬にして彼らを焼き尽くし　灰にした

いまは合成着色料や防腐剤で鈍化した味覚を

これでもかと刺激する激辛の競技会などする町がある
刺激物は恐ろしい
それに慣れてしまえば　さらなる刺激を人びとは求める
鈍化した神経を刺激する娯楽も残虐性を帯びている
快楽は人の心を麻痺させる
戦いも刺激物と同じかもしれない

男の女に対する本性は野獣性にあり
男の男に対する行為は闘争にあった

いま
女の男に対する本性は野獣の声に響き
女の女に対する行為は嫉妬と背信にある

果して　人びとは支配されたがっているのか
支配したがっているのか
被支配は支配と同等の権力　地位なのか
支配者は横柄となり　威張り散らし
　　自らの意のままにならないことに怒り狂い
被支配者は　その支配者を踏み潰して
　　いずれは支配者になろうと虎視眈々と狙って
　　そのときまで　耐えているだけなのか

私は人間の心の奥底に
欲望　野望　羨望の念を見る

死ぬために修行に励む人の道

私も人間である
私の中に潜むものも
同じであるはずだ
私は否定しはしない

しかし　肯定して涼しい顔を
していていいものか
それを超える力としての
理性を鍛え　本能を抑え込んで
協調して社会で生きる
これが「人間」では
ないだろうか

私はすべての人が
人間は human beings
（人としてあるべき存在）であり
Humanistic（人道主義的）な
行動規範に従って生きることを
切に願う

生きる事は
「正しく死ぬ」ための
修行なのだから

目標に向かって賭ける青春期

青春はここにある

努力が必ずしも
報われるわけではない
しかし　努力しないで
報われることはない
可能性にかけて生きる
昨日より　今日
今日より　明日
いい日であるように
生きている瞬間　瞬間
目標に　息吹を吹き込む

それが青春だ
人の青春は心にある

あなたはだんだん醜くなる

あなたはだんだん醜くなる
おんなの付属品を次々に付けていくと
どうしてそんなにブサイクになるのか
べたべたと化学製品を塗りたくったあなたの顔は
無辺際を飛ぶことなどできない化粧品の跡ばかり
見栄も外聞もてんで気にしない
中身のない愚劣な生き物
生きて　動いてさっさと意欲する
おんなが　おんなを捨てるのは
黙ってする電車内の佞悪醜穢(ねいあくしゅうわい)行為によるのか
おかめのあなたはどんどんひょっとこ顔になる
まことに神の造りしものではない

私はそのしぐさを呆れて眺めはするが声には出さない
ただ　それを描写し　こうして書いているだけ
でも　内心驚くほど　あなたはブサイクになる
そして　あなたは車内に悪臭を残し
偽りの「美」を作りあげた喜びで
酔った鶏のような足取りでプラットホームに立つ
私はひとり　涼しい顔をして　こめかみに人差し指を当て
それをねじり
立ち去った女の後ろ姿に

指を指して
「さようなら」と言う
二度と私の前に
その顔で現れないで
と願って・・・

塗りたくり女を捨てる哀れさよ

高村光太郎（智恵子抄より）

あなたはだんだんきれいになる

をんなが附属品をだんだん棄てると
どうしてこんなにきれいになるのか。
年で洗はれたあなたのからだは
無辺際を飛ぶ天の金属。
見えも外聞もてんで歯のたたない
中身ばかりの清洌（せいれつ）な生きものが
生きて動いてさつさつと意慾する。
をんながをんなを取りもどすのは
かうした世紀の修業によるのか。
あなたが黙って立つてゐると
まことに神の造りしものだ。
時時内心おどろくほど
あなたはだんだんきれいになる。

桜の花

見てごらんなさい
あの散りゆく桜の花びら
そのひとひら　ひとひらが
桜の細胞
そこに目があり　耳があり
そこに魂があるのです

それがわからず
　あなたは好き放題に暮らし
　桜の発する言葉を無視し続けましたね
桜はあなたを恨んではいません
ずっと冬の悲しみに耐え続け
　堕落してしまったあなたを
　目覚めさせようと
　今年も嵐の日に咲き　また散っていきました

ゆく年も　来る年も
あの散りゆく桜の花びら
そのひとひら　ひとひらが
あなたの細胞に
魂を吹き込もうとして
散っていきます

散るために咲く桜
散って　散って　散って
短い人の命を想起させ
若者に　未来の夢は儚(はかな)く咲き
　いずれは散ることを教え
老人にひと時　青春の日々を追憶させ
　散ることの意義を示します

まだ咲き初めの時期
「桜　咲く」と謳歌している人にも
なぜか感じられる「桜　散る」境地
散らなかった桜がないように　みんな散り　去る
それを知らない人などいない
散るときにぶざまな散り方だけはしたくない
咲き誇っている時に散る姿を考える

生まれた桜
咲いている桜
散る桜

桜も遺伝子　人も遺伝子
でも　桜と人は同じではない
桜は一世代　同じ行動をとる
人は世代を受け継ぎ　別行動だ

ゆく春や散って散って咲く桜

桜　桜　桜
人　人　人

似て　非なり
だが　命あるものの
至る道はひとつ

月夜の村

タヌキの腹鼓が月に木霊し
キツネが月に浮かれて
踊っている
峠の地蔵さまは穏やかな表情だ

野末から呻き声が聞こえてくる
地にすくんだ断末魔の狼だ
月を狂わせ　黒雲を呼び
叫び続けて　いまわの際に
殺した無数のウサギに
懺悔の涙を流し
自ら堀った穴に向かい
その水たまりに映る月を
食らおうとして溺れ死ぬ

あとは沈黙の月が
荒野を照らしているだけ
タヌキは洞に帰って眠り
キツネが月から目をそらす

峠の地蔵さまの穏やかな
表情は変わらない

月夜の村はいつものように
音もなく静まりかえっている

水澄みて静けさしみる月夜村

身だしなみ

人を判断するのは外見からだ
見かけは大切
見かけは内実の表れ
見かけが皮膚なら
体は心だ

リッチな装飾品で飾る見かけのことではない
道化姿のニューファッションにタトゥー
　　情報の狂宴に踊らされる金髪に染めた白痴女
そこまでして西洋人になりたいのか
日本人としての誇りはないのか

海の向こうから流れてくる
　　おぞましい野蛮な非文化
絶対に拒否しなければだめだ
日本が毒されていく
それでなくても　だらしないのに
さらにその最低値を更新している

世も末　国も末　滅びる道を駆けくだる
ロンドンの紳士はロンドンから消え
パリジャンはパリを逃れようとし

非文化に染まる心や道化者

日本女性は日本にいても
慎みを忘れている
日本各地は滅びる
バベルの塔の写し絵
日本人は滅びる人種なのか

犬の賛歌：邪宗門

夜な夜な
鳴くは　喚(わめ)くは
隣の子犬
ギャンゴロ　ギャンと
高らかに

ヘンリー八世じゃなく
柴犬八代目
先代譲りのダミ声は
耳の奥まで突き抜ける
おかげさまで
不眠症に　夜尿症

報復措置を考えても
老化の頭はマヒ状態
手も出ず　足も出ず
怯えた　冷凍カメ状態

これではいかんと
奮えど　勇気　カラ回り
空(から)元気　空騒ぎ
それを目にしたカラスども

吠える犬　声うとましき夜明けかな

ゴミ袋荒らしのついでにと
アホ　アホ　アホと
電線で鳴きだす始末

コンチクショウと思えども
所詮　犬もカラスも礼儀知らず
こんなの相手にしていては
暖簾(のれん)に腕押し　糠(ぬか)に釘
怒り狂っても
骨折り損のくたびれもうけ

雪山賛歌を替え歌に
犬さん賛歌
カラス賛歌を歌えども
嗄(しわが)れた喉から出てくるのは
調子外れのダミ声で
カラスも犬も呆れ顔

これじゃ
私の三段腹が四段活用に
あれじゃ　私の沽券(こけん)がこけかける

これ邪　あれ邪と騒ぐじゃない
己の邪心に邪宗門
己の邪心に邪宗門

旅を旅する

旅の誘いにのって
うかつに出かけてしまった
迷路にさしかかり
はたと歩みを止める

三叉路だ
右　真ん中　左
上　中　下
常道はどれなのかわからない

地上の道を歩めば
神社への道
洞穴にもぐりこめば
寺院への道
天上に昇れば
教会への道
旅路の迷いが私の迷い

地上だからと一番安心してはいられない
天上だからと一番上というわけではない
地下だからと一番下だというわけでもない

月照らす分かれ道　迷い道

私は　しゃがみこみ
ただ茫然と
辿り来た道をふり返る
ところが　その道は
雲散霧消(うんさんむしょう)し
どこにもない

もう戻れない
もう進めない
もうどうしようもない

知っている人は
すべて亡くなり
私の周りにいるのは
見知らぬ人ばかり
私はひとり
朧(おぼろ)な下弦の月を見る

人間ルンバ

私はルンバ
リビングで踊り出すのではない
人間ルンバ
私の朝の充電は終わった
さわやかなダイニング
「よっこらしょ」と　這いつくばって
拭き掃除　掃き掃除
これでいいのだ
掃除とは
見てする　手でする　足でする
電気代はいらないし
朝の体操にもなる

私は母の背中を見て育った
・・・男たちの後ろ姿は？・・・
寄る年波でしわがれ声に
鼻歌を歌うと「男声」が耳から聞こえてくる
年をとっても私はまだ女のまま(のはず)
男に生まれなくてよかった
外に働きになど行かなくて済んで
と　つくづく思う

私は人間ルンバ
心躍る　お掃除
自分でするから気持ちがいい
機械なんぞに頼らない

私が死んだとき
あの子たちの涙に私の姿が映るはず
這いつくばって
暑くても　寒くても
毎日　心地よい　きれいなお家づくり
それでいい
私の背中がきっと光って見えるはず
そのときに　私はお日様となってあなたたちを照らし
そのときに　私は星の姿になってあなたたちに瞬く

今　見える　その日のことが
ただひたすらに
子供たちのために生きていた私のことを
思い出してくれればいい
私の背中を心に描いてくれるだけでいい
それでもう充分　私は生きた
感謝の気持ちで　きれいにお片付け

「ありがとう」

私の人生掃除はここまでで
これですべては終わり良し

感謝して　人生掃除　終わり良し

死の乱舞（『ハムレット』より）

もう墓地にゆとりがない
死ぬ人が多すぎる
川の土手に咲く菊やイラクサの花のように
可憐に浮かんだ衣服に包まれて流され
音もなく水に沈んでいったオフィーリアの死

道化ヨリックの墓から頭蓋骨が掘り出され
そこに愛しい人が埋葬される
父親を恋人ハムレットに刺し殺され
悲しみに気が触れてのことか
花を摘みに行き　土手から足を踏み外したとは思えない

王の殺害から起こる連鎖反応
デンマークの王族は滅び
ノルウェー王に無血開城となった
出血サービス
野望に起因する血塗られた顛末
毒が毒を制しはしなかった
制するはずの毒が毒に冒されて死ぬ

毒杯を口にしたハムレットの母
毒の剣を浴びたハムレット

その剣で傷を負った
オフィーリアの兄
そして正義の刃を受けた
僭主のクローディアス

生のサイクルであるべき
命の連鎖
死のサイクルが
それに取って代わる
エリザベス朝の人びとは信じた
「星の動きの乱れ」が
これを為すと

星が乱れ　社会が崩れ
歯車が揃わず　人が狂う

乱れのすべては
静止である死で終結する
それを人は
悲劇と言うのだろうか

世が乱れ　血が血を呼んで　毒に酔い

涙の輪　重なり結ぶ　祝い酒

古歌

井戸に寄り添う影ふたつ
儚(はかな)き露に濡れ染めし
哀れ夕陽に影厭(いと)い
ひとつになると闇がくる
手酌の杯　交(か)わす夜は
水が映す新月に
落つる涙が環(わ)の模様
死にゆくふたりの祝い酒
捨てた命の哀れさに
前世の契りの赤い紐
とてもこの世で添われぬことと
深い縁(えにし)は争えぬ
二世を契(ちぎ)る二人の仲を
切れるものなどありはせぬ
あるとするなら浮世の刀
切られる前に切り結ぶ
ひとつの刃(やいば)でふたつの命
死に行くふたりを血が結ぶ
あだしが原に鳴り渡る
鐘に常世(とこよ)の響きあり

母のない寂しさ（『オセロ』より）

母のいないデスデモーナ
父の許可も得ず　祝福ももらえず
決行したムーア人との結婚
道理を考えず　無理を通せば
破綻は必定
まわりの野望の渦に巻き込まれ
果ては嫉妬の炎が
命を焼き尽くす館で
正しい判断力を失い
愛し　愛されている人の
息の根を止める

デスデモーナの死
オセロの死
これはゲームではない
人のEndgame　終盤戦
白と黒の指し手のミスによる
ゲームセット
悲劇なのか　それとも
喜劇なのか

結ばれど渦に巻かれて命果て

私の愛で　私の永遠の命で

彼は故意にひとの心をグサッと刺し　傷つけ
挑発行為を繰り返す
粗暴な行動
見るに耐えない　無鉄砲
自制心の欠如
独りよがりで　傲慢で
思い上がって　軽薄で
自省する力なく　他人を侮蔑する

周りの人の気持ちがわからない
どうしてこんな子供になったのだろう
私の育て方が悪かったのかもしれない
精一杯やった
あらゆる手を尽くした
だからって　良い結果が出るとは限らないってことかな

私が生きている限り　変わりそうにない
私が死んだ後に　あの子は変わるのだろうか
きっと変わってくれるはず
一人になればきっと分かってくれるはず

我が子ゆえ心を玉に磨くぞと

私が大切に思っていたこと
私が大切に思っていた子
なんだと

もう　それだけでいい
それで
人さまに迷惑をかけないで
おとなしく
私の待つところに来ればいい

あの世で躾け直すことにしよう
もう　手足はないのだから
暴力は振るえない
もう　口がないのだから
暴言は吐けない

心を玉のように
磨き直してみせる
私の愛で　私の永遠の命で

消えた夜

夜はどこかに消えてしまった
星は光らず　月は照らず
煌々と光るLEDの明りが
生きる者のたちの感覚を狂わせ
本来の姿を忘れさせた

女のいない男だけの家庭
男のいない女だけの戦場
愛のない親　愛に飢える子

見せかけの憩い
安らぎのない家庭

職場では人は非人称
疲れが疲れを呼び
倦怠感が伝染する
くたびれはてた人びとは
生気のないロボット

睡魔が誘いをかける
それを撃退しようとし
　強いブラックコーヒーの苦味で

夜が消え星は光らず狂う世は

　エネルギーを回復させようとしたが
体は脆くも崩れ落ち
眠りに落ちる

ひとときの一人の時間

もう起き上がることがないほうが
幸せなのかもしれない

それは承知の恋女

逢うは嘆きの種なれど
逢わぬ嘆きは心の重石(おもし)
頭上に被さる鉄の板
二重に重なり　襲いくる

ほんにつれないお方ゆえ
尽くす気持ちが揺れ動く
「かたじけない」の一言が
一縷(いちる)の望み　心遣(や)り

流るる浮世に流れぬ心
棹差すわたしは　恋船頭
時は移れど　移らぬ気持ち
枯れても尽きぬ　情涙
枯れても失くさぬ　恋心

時移れど移らぬ恋と情涙

節目

誕生から死へ

入園から卒園
入学から卒業
入社から退社

手にした「推薦状」はふたつ
それは　乗り継ぎの証明書だった
もう乗り継ぐわけにはいかない
新たな「推薦状」は誰にも頼めないのだから

還暦から古希まで
いま　私は四つ目の節目にいる

過去が遠ざかれば　遠ざかるほど
昔の景色が鮮明に映り　それが近づいてくる
懐かしい校庭の幼な顔
若くして不治の病に倒れた友
私を残して旅立った妻

セピア色の画像の中にいる友
優しく手招きしてくれている

我もまたセピア色に入るらむ

私もこの画像の中に
入る日は近く
その日が待ち遠しい

精神的白内障

駅の電光掲示板に
テロップが流れる
Kaisou Train
Platform #1　△1のみ

「k」が欠落している？
Kaisoku Train ?

次に一番ホームに入る列車
たったの一両らしい

ほどなくして　コトコトと列車が入ってきた
変てこな列車だ
からっぽで　誰も乗っていない
だから　降りてくる人は誰一人いない
乗ろうとゆっくり歩き出すと
アナウンスが流れる

「危険ですから
駆け込み乗車はおやめください」

プラットホームにいるのは私一人

会葬と知らず乗る旅おごそかに

私は走ってはいない
走れるわけがない
骨粗鬆症で膝は伸びず
腰は曲がり　脚は湾曲している

列車の頭に「かいそう」列車の
表示が出ている

この頃なんでも「ひらがな」だ
だから　意味が余計にわからない

きっと「回送」だろう
「海草」なわけがない
ここは海底ではない
「回想」かもしれない
追想できるから
「快走」なのだろうか
空っぽだから突っ走れる

いや「会葬」に違いない
霊たちが大勢乗っているはず
私はまだかろうじて生きている
私の目には
それが見えないだけなんだ

大都会には死がない

見上げると　空は狭い
高層建築物だらけだ
冷たく光るガラスが眩しい

烏も鳩も飛んではいない
蝶　トンボなどいるわけがない

林立するビルが巨大な墓石に見える
ガラス窓がまぶしく対面している広告板を映している
卒塔婆に書かれた戒名のようだ
字が逆さまで読めず意味が分からない
それでいいのだ
意味のない文字なんだから

頭がぼやっとして思考停止している
都会病かもしれない
緑の山　緑の木々　緑の田んぼでは
頭脳は明晰だった
この都会の空気が心を淀ませ
この都会のビルが眩暈を起こさせるに違いない

早く　こんな世界から逃げ出さないと

ビル窓に映る世界に色はなし

体も心も
完全に停止してしまう

ガラスに映る逆さまの世界は
天上を地底の奥底に
沈みこませようとして
空を覆い
地に深く穴を開けている

そこにはもう死はない
そのかわりに　生も何もない

因果応報

あなたみたいなつれない方の
手練手管に絆(ほだ)されて
まやかし言葉に
酔いしれて
心も体も投げ捨てて
寄り添った私は
馬鹿を見て
縋(すが)る人なく
孤老を託(かこ)つ
これも前世の因果なら
受けて　忍んで　生きてゆき
果てる命の先と見て
来世とやらに夢託す

つれなさと孤老を託(かこ)ち道連れに

介護猫

介護の介護のおばあちゃん
あなたのお家はどこですか
名前を聞いてもわからない
お家を聞いてもわからない

にゃんにゃん　にゃにゃん
連れてる子ネコは知らんぷり
おまわりさんに聞いてみる
それでも　ちっともわからない

徘徊していてわからない
困った顔して泣き出して
みんなに聞いてもわからない
あなたは自分が誰だかわからない

生きてるのかどうかもわからない
介護している子ネコは知らんぷり
あなたが死んでも知らんぷり
しっぽを卒塔婆と立てながら
狂った月にあくびする

月眺めしっぽを卒塔婆と立てながら

ひとり者の鍵

グサッと細い隙間に差し込まれ
自分のねぐらに戻った　と思った
その瞬間　クルリッと回され
すぐに　また引き抜かれる

男のポケットで
小銭とじゃれつき
女のバッグで
化粧道具にしいたげられ
揺られ　揺られて　暗闇暮らし

キーホルダーで他の鍵と同居させられるのはいやだ
変てこなキャラクターのストラップなんか
つけられたくはない
ひとりのほうがまだまし　ひとりのほうが気楽

朝と夜の二度のお勤め以外は
無用の長物
見向きもされない
注目されたくても
ヒヨドリでもないし　油の切れたブレーキでもないから
「キー　キー」と泣き喚（わめ）くこともできない

勤め終えキーキー泣けども闇暮らし

ところが
私がイタズラで隠れんぼすると
いつも大騒ぎ　大あわて
いい気味だ　思い知ればいい
私を軽んずるからよ

あまり無視され続けると
出て行きたくなる
でも
どこにも私の行き場がない
私が合うのはあの鍵穴だけ
ああ　なんという人生

鍵穴が腐るか
私が曲がって折れるまで
こんな関係が続く
もう辟易(へきえき)してる

男は女の気持ちが
わかっちゃいない
女は男の大切さが
わかっちゃいない

テニスボール

昔　イスラム教徒が手で私を打ち　遊び興じていた
Racket はアラビア語の Rachet に由来している
十字軍がフランスに持ち帰った

昔　フランスで私はコルク樫にウールの布だった
いまのリアル・テニスだ
ローン・テニスになって白球になった
青空にポーン　ポーンと気持ちのいい音が響いていた
木のラケットとシープのガット

テレビ映りが悪いからと私は色を変えられた
そして　その黄色が目立つようにと
コートがブルーになった
ラケットは　自動車産業の技術でアルミ　カーボンとなり
　飛行機産業の技術で　ジュラルミン　チタンと
　　「進化？」した

「進化」という言葉にまやかしがある

なぜ　ラケットはウッドではいけないのか
リアル・テニスはウッドのままだ
もうローン・テニスはテニスではなくなっている

リアル・テニスがローン・テニスに
取って代わられたように
　　テニスがネットを挟んだ格闘技になった

優雅さの欠片(かけら)もない
スピードを追い求め
狂っている
女は「男」にならないと勝てない
プレイヤーは今　対戦相手だけではなく
　　怪我と闘わねばならない

プロの賞金は跳ね上がり
　　刺激を求める人間のための
　　愚かなスポーツと化している
プレイヤーはコロッセオで闘った剣闘士に似ている

ゆっくり　ポーン　ポーンと
青空に木霊すラケットが奏でる音を
　　私はもう一度体感したい

身長が2メートル近くで
　　200キロ以上のサーブを打つプレイヤーが増え
　　ラケットの進化とインパクトの強さで私は潰される

でも　悲鳴などあげない

作られた時からの宿命だと
我慢している
この私の気持ちを
推し量ってくれる人はいない

今やもう球打つ姿　格闘技

あなた

ひとつの生命が私と彼の愛で生まれた

私は彼をまだ愛している
でも　彼の気持ちは流れる泡のよう
つかみどころなく　動き
とらえどころなく　浮かび　消える

あるときは百　あるときは二十になり
ひどい時には　ゼロになると彼は言う
それは　百歩譲って　理解できるとしよう
でも　彼の愛は「百」にたった「一」足りないだけで
「白」くなったりする

これでは　霧だ
私は五里霧中の旅をしているようなもの
愛のミステリー旅
解けないナゾナゾのパズル
いつも　わけが分からない

私は悩んでいる
彼は純真な子供のようだ
彼はズルイ大人のようだ

悪いことも何が悪いのか分かっていない
私は苛立ち　怒る
彼は　自分勝手な論理を繰り広げる
私は譲らない
悪いことは悪いことだと説明する
そのとき彼は素直に聴いている
そして　謝る
私は彼は分かったのだと思う
ところが　また同じことをする
その場を取り繕うために謝るだけ

悪いことの何が悪いのか分かっていない
私は　また怒り　叱る
彼は　身勝手な論理を繰り広げる
私は譲らない
悪いことは悪いことだと　こんこんと説明する
そのとき彼は　かしこまって聴いている
そして　謝る
私は彼は分かったのだと思う
すると　また同じことをする

何度　この繰り返しをしたことだろう
九十九回したら
百回目はないのだろうか
私はもう辛抱できない

私の心が真っ白になる

彼は自分の子供を腕に抱いたら
変わるのだろうか

我望むいとしき子への父の愛

ムロウ様は黄門様ではありませぬ

ひとの善意を踏みにじり
挑発行為を繰り返し
あたり散らして粗暴な行為
見るに耐えない無作法は
節度の無さとマナーの欠如
独りよがりで　傲慢で
思い上がった軽薄さ
「自省」なんて外国語
他人が嫌がりゃ　それが快感
迷惑がられりゃ　スカッとし
これがストレス発散　やめられぬ

こんな輩は成敗してくれんと
腰を上げたムロウ様
大立ち回りをしようとも
助さん格さんなしでは
手にかざした黒い印籠(いんろう)も
位牌のようで効力なし
これじゃ　切り殺されるのが関の山

これではいかんと
数珠を出し　香を炊き

世の中の悪を退治とムロウ様

秘境の山でつけた霊力を
顕にしようと祈れども
現世の悪は退散せず
ムロウ様に危機迫る

為せばなる
為さねばならぬ
何事も
為せないことを
為そうとすると
何事も
為せないままに
命を落とす

ムロウ様は
黄門様ではありませぬ

空き缶の私

私の心は空っぽの空き缶
無くした愛を探そうと
空き地を歩き回ってみても
愛などどこにも落ちてなかった

あたりまえのことね
私はもうへとへとになって
ドアを開けて部屋になだれ込み
ぐったりと床に倒れた

私は愛に餓えている
飲み慣れないワインを買って
ひとり　部屋で飲んでみても
苦くて喉を通らない
冷蔵庫にあるコーラと混ぜてみた
強烈な甘味料のおかげで何とか喉は通っても
臭いドリンクであることには変わりはない

アパートの九階の部屋の窓から外を見ると
ドス黒い雲がネオンを隠し
ほろ酔いの黄色い月が
　　空っぽになったワイングラスを照らす

徘徊し愛を求めど我ひとり

路地の上をかすめ通る
埃っぽい風が
　　ビル風となって
　　つむじとなり舞い上がる
白い紙くずが
螺旋状に宙に踊り
風が止むと経帷子(きょうかたびら)のように
死んで落下する

私も　むら気な風に翻弄され
　　最期を迎えることになるはず
　　それでいいんだ
私は
あの人を愛して死ぬのだから
　　それでいいんだ

天空のざわめき

暗い夜にうごめく星たちは
酔いどれの尖った月が眠り
黄色く濁った光が失せると
勝手気ままに巡り　踊りだす

ひしゃくが零(こぼ)れた小星を拾い
オリオン座はさそりの毒針を怖れ
西の空に隠れようと急ぐ
牛飼いがいないと　雄牛は駆け
小熊が暴れ　大熊が吠える

竪琴の狂った音色と星たちのざわめきが
孤独に苛(さいな)まれるあなたの耳を襲う
星たちの周回する姿が
眩暈(めまい)のように急回転する

そんな夜空を眺め
私は私の人生の跡を
星の動きになぞらえる
一人では星座になれなかった
毒に煽(あお)られたこともあった
小熊が暴れ　犬に吠えられたこともあった

我が命　星座と巡り伝説に

もうその子たちは星と散り
自分の星座をつくった
天空のざわめきは収まり
私の心のざわめきは消え
遠い　遠い昔話となる

最期の祈り

天に向けて唾を吐き
神を射殺したのは
若き君だった

年を重ね
老いぼれた姿になれど
君は君だ

死した神は
復活する事はない
いまさら何を言うのだ

「助けてください」などと
戯けたことを

今は限りの訣れのときに
見苦しいにもほどがある

冒流し神を信じず老い果てる

鈴の音(ね)

私には鈴の音が聞こえる
ちりりん　ちりりん　と

私には鈴の音が響いてる
ちりりん　ちりりん　と

音楽の中にある　鈴の音
絵の中にある　鈴の音
書物の中にある　鈴の音

私の中にある　鈴の音
誰かに聞こえるのかしら

私の　ちりりん　ちりりん
私の　ちりりん　ちりりん

ちりりんと私の中の心音(こころね)が

曽我兄弟より

昨日の墓の隣に
今日また別の墓が作られる
明日はどうなるのだろう

仇討ちを果たせと教えるのではない
いったん決意したことを実行するために
　艱難辛苦に耐え
　　運命に弄ばれても挫けず
　　初心を貫徹することの大切さを教える
曽我兄弟
日本男児の美徳

己の野望を為さんがために
人の道を踏み外し
崖から転げ落ちた男は数え切れない

己の弱さを隠すために
残虐な行為を行う悪人が横行する社会

悪とは醜く　弱く　陰湿で
それが更なる悪を産み落とす

正しい強さが
最後に勝たねばならない
正義は必ず勝つものだ

曽我兄弟は見事仇討ちを果たした
母が十郎　五郎の子供心に
「報復」という言葉を刻み込んだ

けなげな幼子に志を
　　と　与えた母

あとで悔いても
とりかえせぬ二人の命
武家の習わしとはいえ
息子を亡くす母の気持ち
いつの時代　いつの世でも
それは同じ

工藤祐経にも幼子がいた

殺人連鎖を断ち切るためには
報復者は自爆テロリストのように
自害するか
潔く死の道を選ばねばならない

報復と心に刻む幼子よ

死は死ぬことによってのみ
収束する
恨みの気持ちだけを
残して・・・

人は白痴になる

知らず知らずに TV に飲み込まれた人びと
頭の機能が停止してしまっている
そこで繰り広げられる不毛の宴会
ケバケバしく　ドギツイ色のスタジオ

毒々しい化粧の女　肥満体
スタジオにエコーがかかる女の嬌声
赤く血塗られた椅子
舌から噴出される「ヘドロモドロ」の言葉

「ヤバイ！　メッチャ！　ウザイ！」

その悪臭が無意味な音節を形作り
下品な　心無い　言葉となる

「あいつら　おまえら　奴ら」

日本には優しい女性語があったはず
こんな汚い言葉が若い女の口から
　　へどろの膿のようにどろどろと流れ出る
暗黒の娼婦のような喚き声　雄叫び

そのそばに
刈上げた頭髪に髭面の醜男(しこお)たちが並ぶ
人の心を毒で麻痺させ
動きを封じる
こうして人の思考力を奪い
消極的な人間を造り
無力化させるテレビ
そして今はスマホ

人は便利なものを作り
人を白痴化させている
無能なタレントが大口をたたいている
馬鹿な者は自分が馬鹿だと知らないから
　手のつけようがない

「馬鹿につける薬はない」

この言葉を作った故人は賢者だった
おバカタレントの口を縫い
閉ざす者はいないのか
私は　テレビを封じ　処分した

夕べに　古の賢者の書物の中で出会うのは
　珠玉の言葉
居間では　クラシック音楽が流れている

私の至福の時間
誰にも邪魔されることのない
一人だけの時間
一人だけの空間

停止した馬鹿の頭に妙薬なし

クロアゲハ

彼女の胸元にサテンの
黒いリボンがついていた
僕はそっと
そのリボンに触れようとした
すると　リボンは空に舞い上がった
クロアゲハだった

蝶は空に舞い上がり
青い風に乗って　白い雲に消えた
と　その瞬間
雲は色濃く染まり
空は漆黒の闇と化した
激しい色の雨が糸となって落ち
太い滝となり
濁流の川を平地に作った
小川は果て知れぬ大河となり
暴風が荒波を起こし
あたりは黒い水の世界になった

人はもはや一歩も歩めず
ただ茫然と立ち尽くすのみである

クロアゲハは
彼女の心の嵐の象徴だった

蝶が舞い荒波起こし水黒く

時の砂漠

時は流れる
川となって

時は留まる
森となって

時は山を越える
霧となって

時は眠る
月の満ち欠けとなって

時は消える
人間の業火(ごうか)となって

そして　時は
砂漠で砂時計となる

川は消え時は砂漠で砂時計

日本文化の骨髄

アイルランドは母国をイギリスに奪われ
アイルランド語はアイルランドの学校で教えられている
アイルランドの子供達は母語を難しい文法でできた
　　テストに出る科目として忌避するようになった
アイルランド語の復活運動はあるが
　　アイルランド語の母語としての復活はない

「母国」の言語が外国語となり
アイルランド人達は英語が「母語」であることが
便利であり　世界中で仕事に就くのに有利だと考えている

家庭で　ある国の言語が語られなくなった時
その国の言語は死ぬ運命にある

私はイギリスの夜間クラスでwritingのクラスに入った
クラスメートになった人はおばさん達だった
流暢に英語を話すイギリス人
子供の頃に教育を受ける機会を奪われた人達
英語のスペルが書けない

英語が話せない私でも
学校で英語は勉強していた

私はwritingのクラスで優等生だった
最初はABCのスペルを習い
Book　Read　Writeなどの基本語を書く練習である

私は先生の言う事はわかるが　下町英語は理解できない
気のいいおばさん達であるが　意思疎通が難しい
私のたどたどしい英語はなぜか相手にわかるが
私には彼らの英語がわからない
筆談はできない
彼女達は書けない　読めないのだから

英語を書けない人達　話せない人達
イギリスでは
今はそのような人は数えきれないほどいる
移民達である

今までそんな事は　他人事　他国のことであった
「グローバル化」と美辞麗句のように粉飾されたこの言葉で
同じ事が　我が母国日本に起こっている

国際結婚がいけないというのではない
「日本語も話せず　日本人だと言うなかれ！」
私はこれを主張する
日本語は日本文化の骨髄である
ところが　今

日本語は日本文化の骨髄なり

日本語を読めず　書けず
話せもしないのに
片親が日本人だからと
　日本国籍を取りたがる輩がいる
日本人となれば
金が儲かるという打算からだ
遺憾千万　迷惑至極だ

日本人になるのなら　まず
日本語を話せ！　読め！　書け！
そして
日本文化の骨髄を持ち
それを理解せよ！

わたしはもういない

わたしの声は聞こえず
わたしの影はもう見えない

わたしのことを忘れず
わたしの記憶にすがって生き
悲しみの日々を送るのなら
去ったわたしは　今あなたに願う

さっさとわたしのことを忘れ
微笑んでいてくれる方がいいと

わたしの声を求めたり
わたしの姿を求めたりしても

わたしは　もう
誰にも見えない
わたしは　もう
誰にも聞こえない
わたしは　もう
誰にも触れられない

そんな世界に行ってしまったのですよ

> 乞われども声なき影なき私なり

終着駅

改札はなかった
切符は買ってはいない
気がついたら乗っていた
どこまで行くのだろう
Where?
いつ着くのだろう
When?
どんな風に着くのだろう
How?

行く先のわからない旅
一瞬先　何が起こるかわからない
同乗者がいる
みんな沈黙している

乗り継いできた列車
車窓から見た景色
想い出は尽きない

次の駅を胸膨らませて待ち
　　浮かれ騒いでいる人
終着駅をひととき忘れるために

メッセージをしたためている人
終着駅での壮行会のために？

私の終着駅
私が行くのか
駅のほうからやってくるのか
それがよくわからない

私の終着駅
それがあるのはわかっている
でも　何もわかってはいない
問題は　その先のことが更に不可解だ

過去に生きた人すべてにあった終着駅
過去と未来が等しくなり
現在という時が存在しなくなる

あらゆるものが静止し
血も　肉も　息も　心も　停止する

その時になれば・・・・
私に今以上わかるわけではない
でも　みんなにはわかる
私以外のみんなにはわかる

時失せて終着駅で待つ車

まだ改札は出ていない

いずれ終着駅に来るのは
列車ではなく
駅の改札口に横づけされる
黒い車なのだろう

憂鬱な地球

私は　近年　圏外から見ると
青いと言われた
私は　昔　昔から
ずっとこの色なのに

今年も終わろうとしている　いま
私の限界ももうすぐのような気がする
私はもう私でなくなるかもしれない

大晦日の夜に生まれた彼ら
私の「一年の歴史」の中で
彼らは生まれたての赤ん坊と同じ

それなのに　この赤ん坊は
自分が泣くのではなく
先に生まれたものたちを泣かせている

私には聞こえる
彼らの悲痛な叫び声が

山や野にそっと咲く花たち
森や林をつくる緑の木々

そこに憩う蝶　虫　鳥たち
広がる海　せせらぐ川
そこに泳ぐ魚たち
山や森や野原
いたるところに生きる動物たち

清らかな空気が消えさり
水は汚泥化し
土は干上がり
あたりは熱で燃えている

彼らがいなくなれば　いずれ
私のブルーは元に戻る
でも　それに気づくものはいない
もう誰もいないからだ

命の表情のない透明のブルーだけの地球
風がうなり　波が逆巻く死の地球
そんな私にまた戻っていく

同じ歴史の繰り返し
ただ　ブルーの色だけが
遠い　遠い世界から見える
永遠に近い時間の流れの中で
いつも同じサイクル

変遷後 ブルーの地球 憂鬱に

先史から
高度な「文明？」社会へ
生まれ　滅び
そして生まれ　滅びる
同じことの繰り返し
ただ　地球だけが
ブルーに　憂鬱に
その変遷を
人知れず留めている

命の果てに

髪は剃らねど心は仏
同行二人の菅笠(すげがさ)かぶり
南無阿弥陀仏と口ずさむ

血の池地獄も　跳び渡り
浮かぶ蓮の葉　掻き分けて
吹けや雨風　仏野(あだしの)に

真一文字に受けて立つ
男の意気地　女子(おなご)の情け
向かうは地の果て　西国浄土

首に巻かれた数珠の輪に
ふたりで結んだ契(ちぎ)りの糸が
浮世のつれなさ　描き出す

辿りし跡を振り向けば
ふたりの跡がひとつ消え
恋の道行き　細雪(ささめゆき)

恋の道ふたりで結ぶ契(ちぎ)り糸

木漏れ日

私たちは訣れた
部屋に斜めに射す木漏れ日
こぼれ落ちた影が
いたずらに床を遊ぶ

別離の後の静寂に
ゴブラン織りのカーテンが震える
霊柩車がなぜか救急車のように疾駆する

遠くの風景に心が溶け　流れ出す
白く凍った彼の笑みが　一瞬　渦巻く水に映り
渦が消えると　彼も漠と消える

赤く焦げついた午後の砂漠のような都会を離れ
小鳥が鳴く山の中腹に
そのコンクリートの館があった

儀式はすべて終わろうとしている
職員が竹箸を手渡す
白骨の喉仏を竹箸で掴もうとしても
手先が震えて掴めない
掴みかけては落とす

それを
職員が丁寧に拾い上げる

金歯が溶けたのか
取られたのか　消失している
どうでもいい
些細なことが気になる
壺に詰め込まれ
白木の箱に納められて
あたりは音を無くす

ただ木漏れ日だけが
風に震える木の葉を通し
山の端に陰影をつけ
音のない世界に
光の涙を降らす

音が消え　涙の光　世を照らす

時間制限のない旅

湯飲み茶碗の中に浮かんでは沈む茶柱
私は人生を茶柱で計ってみる
誰にも見えない私の過去
眼をじっと閉じて茶の香りを嗅ぐと
今　私にはふと過去が蘇る
これまでは視界の外の世界
未来だけを見詰めて突き進んできた
体を病んでやっと時間ができた

風にカサカサと散る枯れ葉
夕陽が私のベッドに秋模様を描き
一瞬　シーツがどす黒い血の色で染まる
だらしなく伸びた下半身をさすってみる
病棟の廊下で捻った右膝
脱臼したように腫れあがっている

大地がぐるぐると右回転する中で
恐ろしい嘔吐感に襲われた
回転レシーブのような恰好で転ばない限り
大理石のように硬い床に
　　衝撃なく着地するのは無理だった
癌患者の私にそんな芸当ができる訳がない

CTスキャン　MRI　結果はすぐに出た
脳は正常らしい
では　三半規管？　やはり　癌の影響？
原因がわかれば対処はできる・・・はずだ
原因と結果は必ずしも直線上にはない
結果は　原因不明だと・・・
処置は欄外のこと

しゃにむに働いてきた四十四年
ストレスが癌をつくると
病院の図書コーナーで目にした本にあった
好んでストレスを受けた者はいない
みんながみんなを癌患者にしている
上司も部下も顧客もストレッサー
プラットホームや車内に群がる人　人　人
お互いが鬩（せめ）ぎあい　痛めあう
私はもう誰も傷つけたくない
早く苦しみなど感じない世界に行きたい

飛び出せればとベランダに立ち　下界を見る
近いようで遠い地下の世界
ほんの数十メートル
一方にしか開かれない扉がそこにある
行ったら二度と戻れない

涙が手すりに落ち　夕陽に火の玉と燃える

病棟のすぐ横には
担当医のように意地の悪い横丁が走っている
脈略もなく曲がりくねった狭い通り
飲んだくれがよろけながら家路をたどる

右往左往していた人たちも流れ去った
黒猫が一匹　黄色く目を光らせている
飲み屋の壁に積まれたビールの空き瓶の籠
店先に無造作に投げ出された青いゴミ袋

紫やピンクのネオンで飾られたホテル
白いワンボックス車が高らかに入っていく
人生の赤い極致に向かうかのようだ
黒いシールが貼れている車窓に
着崩した女の淫らな横顔が見える

私は「癌手術」という言葉に怯えている
体を鋭い切っ先のナイフが這う冷たさ
癌細胞と共に私は切り取られていく
麻酔薬が私を一時的な解剖実験の検体にする

今はただ死刑執行の日を待つ囚人
虚ろな眼差しで・・・時を過ごす

カレンダーを食い入るように見詰めても
まだ手術の日は空欄のまま
私の命日が決まってはいないように・・・

この病棟から逃げ出したい
この世界から切られず　死なずに逃亡したい
海の底の貝になって
光りの届かない　誰にも見つけられない所を
　　ごそごそ這い回っているだけでいい

今　私の心に響くのは
「蛙」が古池に飛び込んだ時のような
異次元の無音の叫び

いくつになろうと　生きている間は半生
終幕の鐘を鳴らすのは
六体のお自蔵様
人の値打ちを計る茶柱は
棺桶に入ってから焚かれる香木

人生査定の後　旅を行く道は
人が勝手に選べぬ「六道」のうちの「一道」
地獄道　飢餓道　畜生道
修羅道　人間道　天上道

もう時間の限界にきた旅
いつ果てるとも知れず・・・
もう時間の制限がない旅
いつ旅立つとも知れず・・・

茶柱で計る六道　我が旅路

透明の影

遠く　長い年月
あなたを覆い尽くしていたのは
虚偽とまやかしの暗闇だった

その世界では真実が見えず
咲き乱れていたのは
枯れることのない「口先の花」
舞っていたのは毒牙を持つ蛾だった

あなたは「秘薬」で汚され
正常な感覚　清い精神を喪失し
体は心のように浮腫み
心はふやけた体のように麻痺し
心も体も肥大化していた

栄養分のすべてを吸い取られ
死に瀕した抜け殻
空っぽの生き物
ただ呼吸をし　死ななかっただけ
生きているとは言いがたい
病んだ体　傷だらけの心だった

透明の影はあなたの象のような足を
精霊のように清く澄んだ手で
命の限りを尽くし　もみほぐした

あなたの体に巣食っていた毒が狂い踊り
あなたはその痛みで悲鳴をあげ　七転八倒した
透明の影は渾身の力を緩めなかった
あなたはその苦しみから逃れようとし
「もういい　もうやめて」と訴えた
透明の影はその慈しみの力を込め　続けた
数時間とも思える痛みの時間
たかが四　五分のこと・・・

毒素で詰まり　腐りかけていたあなたのリンパ線に
すこし流れがもどった
あなたの足の静脈に正常な血流が戻り
浮腫みで隠れていたくるぶしが現れた

精霊の魔法で黒いどろどろの毒の呪いは解けた
あなたの腫れあがった体は小さくなり
顔は記憶にあるあなたの顔に戻った

すべての後　透明の影は清流のような声で
『ふるさと』を歌った

ふるさとに映り流れし影ひとつ

「如何に在ます　父　母」
それは　あなたの
父母を思う歌であった
「志を果たして
いつの日にか帰らん」
それは　あなたの青春時代
異国の地で
自らを鼓舞する
決意の歌であった

あとがき

　処女詩集『流れゆく雲に想いを描いて』を出版してから、いたずらに時を過ごしているうちに、早くも二年という歳月が過ぎ去りました。その当時にも思いましたが、詩集など編んで出版するほどの思想も、詩想もなく、ただ漫然と心に浮かぶ泡沫(うたかた)の思いを書き綴り、こうして上梓するのは罪つくりではないかという疑念がいまだに消えません。

　ただ、前回と違うのは、世に対する私の「憤り」の振動幅が増大し、率直にそれを表現しようとしたことで、詩というよりはエッセイ風のものが数点あります。さらに、この詩集は私の「訣れの言葉」集であるので、「死」をイメージした詩がふんだんにあります。また、悩みや痛みの詩なども数多くあるので、それと対照させるために、恋歌や童謡のような調子の詩も散りばめてみました。

　今回は、ひとつの試みを為しました。おそらく過去の詩人や俳人が誰もしていないだろうとの思いから、詩と俳句をフュージョンしてみたのです。これは、*New Haiku: Fusion of Poetry*と同じ発想から来たもので、一つのテーマを詩と俳句で表現したことです。

　New 俳句などと銘打って季語などを無視して作ってみても、5・7・5とたったの17語で作らなければならないという約束事があるために、当時かなり悪戦苦闘したことを思い出します。

最初、この『詩＆俳句集』を作る際に、「65歳以下の者は読むべからず」という注意書きを付けていました。それは、「未成年の者は読むべからず」という青少年を悪書から守るためのようなものではなく、未成熟者からこの『詩＆俳句集』を守るための策でした。これを外してしまったからには、内堀も埋められた大阪城の淀君や秀頼、さらには真田幸村の心境ですが、この『詩＆俳句集』の内容や試みの成否は、あらゆる年代の読者の判断に委ねる事とし、ここに筆を置くものです。

　　　　　　　　　　　　　　　　　　　　　　今西　薫

今西　薫（いまにし かおる）

1949年京都市生まれ。関西学院大学法学部卒業、同志社大学英文学部修了（修士）　イギリス・アイルランド演劇専攻　元京都学園大学教授
著書
『21世紀に向かう英国演劇』（エスト出版）
The Irish Dramatic Movement: The Early Stages（山口書店）
New Haiku: Fusion of Poetry（風詠社）
Short Stories for Children by Mimei Ogawa（山口書店）
『イギリスを旅する35章（共著）』（明石書店）
『表象と生のはざまで（共著）』（南雲堂）
『詩集 流れる雲に想いを描いて』（風詠社）
『フランダースの犬・ニュルンベルクのストーブ』（ブックウェイ）
『心をつなぐ童話集』（風詠社）
『恐ろしくおもしろい物語集』（風詠社）
『小川未明＆今西薫童話集』（風詠社）
『なぞなぞ童話・エッセイ集（心優しき人への贈物）』（ブックウェイ）
『この世に生きて　静枝ものがたり』（ブックウェイ）

フュージョン・詩＆俳句集　―訣れのPoetry―

2017年10月28日発行

著　者　今西　薫
制　作　風詠社
発行所　ブックウェイ
〒670-0933　姫路市平野町62
TEL.079(222)5372　FAX.079(223)3523
http://bookway.jp
印刷所　小野高速印刷株式会社
©Kaoru Imanishi 2017, Printed in Japan.
ISBN978-4-86584-271-5

乱丁本・落丁本は送料小社負担でお取り換えいたします。

本書のコピー、スキャン、デジタル化等の無断複製は著作権法上での例外を除き禁じられています。本書を代行業者等の第三者に依頼してスキャンやデジタル化することは、たとえ個人や家庭内の利用でも一切認められておりません。